MEOW

M.Meow

Meow meow.

Meow meow meow meow meow meow meow
meow meow meow meow meow meow meow meow
meow meow meow meow meow meow meow meow
meow meow meow meow meow meow meow meow
meow meow meow meow meow meow meow meow
meow meow meow meow meow meow meow meow
meow meow meow meow meow meow meow meow
meow meow meow meow meow meow meow meow
meow meow meow meow meow meow meow meow
meow meow meow meow meow

Meow meow meow meow meow meow meow
meow meow meow meow meow meow meow meow
meow meow meow meow meow meow meow meow
meow meow meow meow meow meow meow meow
meow meow meow meow meow meow meow meow
meow meow meow meow meow meow meow meow
meow meow meow meow meow meow meow meow
meow meow meow meow meow meow meow meow
meow meow meow meow meow meow meow meow
meow meow meow

Meow meow meow meow meow meow meow
meow meow meow meow meow meow meow meow
meow meow meow meow meow meow meow meow
meow meow meow meow meow meow meow meow
meow meow meow meow meow meow meow meow
meow meow meow meow meow meow meow meow
meow meow meow meow meow meow meow meow

meow meow meow meow meow meow meow meow meow meow meow meow.

Meow meow meow meow meow meow meow meow meow meow meow meow meow meow meow meow meow meow meow meow meow meow meow meow meow meow meow meow meow meow meow meow meow meow meow meow meow meow meow meow meow meow meow meow meow meow meow meow meow meow meow meow meow meow meow meow meow meow meow meow meow meow meow meow meow meow meow meow meow meow meow meow meow meow

Meow meow meow meow meow meow meow meow meow meow meow meow meow meow meow meow meow meow meow meow meow meow meow meow meow meow meow meow

meow meow meow meow meow meow meow meow meow meow meow meow meow meow meow meow meow meow meow meow meow meow meow meow meow meow meow meow meow meow meow meow meow meow meow meow meow meow meow meow meow meow meow meow meow meow meow meow meow meow meow meow meow meow meow meow meow meow meow meow meow meow meow meow meow meow meow meow meow meow meow meow meow meow meow meow meow meow meow meow meow meow meow meow meow meow meow meow meow meow meow meow meow meow meow meow

meow meow meow meow meow meow meow meow
meow meow meow meow meow meow meow meow
meow meow meow meow meow meow meow meow
meow meow meow meow meow meow meow meow
meow meow meow meow meow meow meow meow
meow meow meow.

Meow meow meow meow meow meow meow
meow meow meow meow meow meow meow meow
meow meow meow meow meow meow meow meow
meow meow meow meow meow meow meow meow
meow meow meow meow meow meow meow meow
meow meow meow meow meow meow meow meow
meow meow meow meow meow meow meow meow
meow meow meow meow meow meow meow meow
meow meow meow meow meow meow meow meow
meow meow meow meow meow meow meow meow
meow meow meow meow meow meow meow meow
meow meow meow meow meow meow meow meow
meow meow meow meow meow

Meow meow meow meow meow meow meow
meow meow meow meow meow meow meow meow
meow meow meow meow meow meow meow meow
meow meow meow meow Meow meow meow meow
meow meow meow meow meow meow meow meow
meow meow meow meow meow meow meow meow
meow meow meow meow meow meow meow

meow meow meow meow meow meow meow
meow meow meow meow meow meow meow meow

meow meow meow meow meow meow meow meow
meow meow meow meow meow meow meow meow
meow meow meow meow meow meow meow meow
meow meow meow meow meow meow meow meow
meow meow meow meow meow meow meow meow
meow meow meow meow meow meow meow meow
meow meow meow meow meow meow meow meow
meow meow meow meow meow meow meow meow
meow meow meow meow meow meow meow meow
meow meow meow meow meow meow meow meow
meow meow meow meow meow meow meow meow
meow meow meow meow meow meow meow meow
meow meow meow meow meow meow.

Meow meow meow meow meow meow meow
meow meow meow meow meow meow meow meow
meow meow meow meow meow meow meow meow
meow meow meow meow meow meow meow meow
meow meow meow meow meow meow meow meow
meow meow meow meow meow meow meow meow
meow meow meow meow meow meow meow meow
meow meow meow meow meow meow meow meow
meow meow meow meow meow meow meow meow
meow meow meow meow meow meow meow meow
meow meow meow meow meow meow meow meow
meow meow meow meow meow meow meow meow
meow meow meow meow meow meow meow meow
meow meow meow meow meow meow meow meow
meow meow meow meow meow meow meow meow

meow meow meow meow meow meow meow meow
meow meow meow meow meow meow meow meow
meow meow meow meow meow meow meow meow
meow meow meow meow meow meow meow meow
meow meow meow meow meow meow meow meow
meow meow meow meow meow meow meow meow

Meow meow meow meow meow meow meow
meow meow meow meow meow meow meow meow
meow meow meow meow meow meow meow meow
meow meow meow meow meow meow meow meow
meow meow meow meow meow meow meow meow
meow meow meow meow meow meow meow meow
meow meow meow meow meow meow meow meow
meow meow meow meow meow meow meow meow
meow meow meow meow meow meow meow meow
meow meow meow meow meow meow meow meow
meow meow meow meow meow meow meow meow
meow meow meow meow meow meow meow meow
meow meow meow meow meow meow meow meow
meow meow meow meow meow meow meow meow
meow meow meow meow meow meow meow meow
meow meow meow meow meow meow meow meow
meow meow meow meow meow meow meow meow
meow meow meow meow meow meow meow meow
meow meow meow meow meow meow meow meow
meow meow meow meow meow meow meow meow
meow meow meow meow meow meow meow meow
meow meow meow meow meow meow meow meow

meow meow meow meow meow meow meow meow
meow meow meow meow meow meow meow meow
meow meow meow meow meow meow meow meow
meow meow meow meow meow meow meow meow
meow meow.

Meow meow meow meow meow meow meow
meow meow meow meow meow meow meow meow
meow meow meow meow meow meow meow meow
meow meow meow meow meow meow meow meow
meow meow meow meow meow meow meow meow
meow meow meow meow meow meow meow meow
meow meow meow meow meow meow meow meow
meow meow meow meow meow meow meow meow
meow meow meow meow meow meow meow meow
meow meow meow meow meow meow meow meow
meow meow meow meow meow meow meow meow
meow meow meow meow meow meow meow meow
meow meow meow meow meow meow meow meow
meow meow meow meow meow meow meow meow
meow meow meow meow meow meow meow meow
meow meow meow meow meow meow meow meow
meow meow meow meow meow meow meow meow
meow meow meow meow meow meow meow meow
meow meow meow meow meow meow meow meow
meow meow meow meow meow meow meow meow
meow meow meow meow meow meow meow meow
meow meow meow meow meow meow meow meow
meow meow meow meow meow meow meow meow

meow meow meow meow meow meow meow meow
meow meow meow meow meow meow meow meow
meow meow meow meow meow meow meow meow
meow meow.

Meow meow meow meow meow meow meow
meow meow meow meow meow meow meow meow
meow meow meow meow meow meow meow meow
meow meow meow meow meow meow meow meow
meow meow meow meow meow meow meow meow
meow meow meow meow meow meow meow meow
meow meow meow meow meow meow meow meow
meow meow meow meow

Meow meow meow meow meow meow meow
meow meow meow meow meow meow meow meow
meow meow meow meow meow meow meow meow
meow meow meow meow meow meow meow meow
meow meow meow meow meow meow meow meow
meow meow meow meow meow meow meow meow
meow meow meow meow meow meow meow meow
meow meow meow meow meow meow meow meow
meow meow meow meow meow meow meow meow
meow meow meow meow meow meow meow meow
meow meow meow meow meow meow meow meow
meow meow meow meow meow meow meow meow
meow meow meow meow meow meow meow meow
meow meow meow meow meow meow meow meow
meow meow meow meow meow meow meow meow

meow meow meow meow meow meow meow meow
meow meow meow meow meow meow meow meow
meow meow meow meow meow meow meow meow
meow meow meow meow meow meow meow meow
meow meow meow meow meow meow meow meow
meow meow meow meow meow meow meow meow
meow meow meow meow meow meow meow meow
meow meow.

Meow meow meow meow meow meow meow
meow meow meow meow meow meow meow meow
meow meow meow meow meow meow meow meow
meow meow meow meow meow meow meow meow
meow meow meow meow meow meow meow meow
meow meow meow meow meow meow meow meow
meow meow meow meow meow meow meow meow
meow meow meow meow meow meow meow meow
meow meow meow meow meow meow meow meow
meow meow meow meow meow meow meow meow
meow meow meow meow meow meow meow meow
meow meow meow meow meow meow meow meow
meow meow meow meow meow meow meow meow
meow meow meow meow meow meow meow meow
meow meow meow meow meow meow meow meow
meow meow meow meow meow meow meow meow
meow meow meow meow meow meow meow meow
meow meow meow meow meow meow meow meow
meow meow meow meow meow meow meow meow
meow meow meow meow meow meow meow meow

meow meow meow meow meow meow meow meow
meow meow meow meow meow meow meow meow
meow meow meow meow meow meow meow meow
meow meow meow meow meow meow meow meow
meow meow meow meow meow meow meow meow
meow meow meow meow meow meow meow meow
meow meow.

   Meow meow meow meow meow meow meow
meow meow meow meow meow meow meow meow
meow meow meow meow meow meow meow meow
meow meow meow meow meow meow meow meow
meow meow meow meow meow meow meow meow
meow meow meow meow meow meow meow meow
meow meow meow meow meow meow meow meow
meow meow meow meow meow meow meow meow
meow meow meow meow meow meow meow meow
meow meow meow meow meow meow meow meow
meow meow meow meow meow meow meow meow
meow meow meow meow meow meow meow meow
meow meow meow meow meow meow meow meow
meow meow meow meow meow meow meow meow
meow meow meow meow meow meow meow meow
meow meow meow meow meow meow meow meow
meow meow meow meow meow meow meow meow
meow meow meow meow meow meow meow meow
meow meow meow meow meow meow meow meow
meow meow meow meow meow meow meow meow
meow meow meow meow meow meow meow meow

meow meow meow meow meow meow meow meow
meow meow meow meow meow meow meow meow
meow meow meow meow meow meow meow meow
meow meow meow meow meow meow meow meow
meow meow meow meow meow meow meow meow
meow meow.

Meow meow meow meow meow meow meow
meow meow meow meow meow meow meow meow
meow meow meow meow meow meow meow meow
meow meow meow meow meow meow meow meow
meow meow meow meow meow meow meow meow
meow meow meow meow meow meow meow meow
meow meow meow meow meow meow meow meow
meow meow meow meow meow meow meow meow
meow meow meow meow meow meow meow meow
meow meow meow

Meow meow meow meow meow meow meow
meow meow meow meow meow meow meow meow
meow meow meow meow meow meow meow meow
meow meow meow meow meow meow meow meow
meow meow meow meow meow meow meow meow
meow meow meow meow meow meow meow meow
meow meow meow meow meow meow meow meow
meow meow meow meow meow meow meow meow
meow meow meow meow meow meow meow meow
meow meow meow meow meow meow meow meow
meow meow meow meow meow meow meow meow
meow meow meow meow meow meow meow meow

meow meow meow meow meow meow meow meow
meow meow meow meow meow meow meow meow
meow meow meow meow meow meow meow meow
meow meow meow meow meow meow meow meow
meow meow meow meow meow meow meow meow
meow meow meow meow meow meow meow meow
meow meow meow meow meow meow meow meow
meow meow meow meow meow meow meow meow
meow meow meow meow meow meow meow meow
meow meow meow.

Meow meow meow meow meow meow meow
meow meow meow meow meow meow meow meow
meow meow meow meow meow meow meow meow
meow meow meow meow meow meow meow meow
meow meow meow meow meow meow meow meow
meow meow meow meow meow meow meow meow
meow meow meow meow meow meow meow meow
meow meow meow meow meow meow meow meow
meow meow meow meow meow meow meow meow
meow meow meow meow meow meow meow meow
meow meow meow meow meow meow meow meow
meow meow meow meow meow meow meow meow
meow meow meow meow meow meow meow meow
meow meow meow meow meow meow meow meow
meow meow meow meow meow meow meow meow
meow meow meow meow meow meow meow meow
meow meow meow meow meow meow meow meow
meow meow meow meow meow meow meow meow

meow meow meow meow meow meow meow meow
meow meow meow meow meow meow meow meow
meow meow meow meow meow meow meow meow
meow meow meow meow meow meow meow meow
meow meow meow meow meow meow meow meow
meow meow meow meow meow meow meow meow
meow meow meow meow meow meow meow meow
meow meow meow meow meow meow meow meow
meow meow.

Meow meow meow meow meow meow meow
meow meow meow meow meow meow meow meow
meow meow meow meow meow meow meow meow
meow meow meow meow meow meow meow meow
meow meow meow meow meow meow meow meow
meow meow meow meow meow meow meow meow
meow meow meow meow meow meow meow meow
meow meow meow meow meow meow meow meow
meow meow meow meow meow meow meow meow
meow meow meow meow meow meow meow meow
meow meow meow meow meow meow meow meow
meow meow meow meow meow meow meow meow
meow meow meow meow meow meow meow meow
meow meow meow meow meow meow meow meow
meow meow meow meow meow meow meow meow
meow meow meow meow meow meow meow meow
meow meow meow meow meow meow meow meow
meow meow meow meow meow meow meow meow
meow meow meow meow meow meow meow meow
meow meow meow meow meow meow meow meow

meow meow meow meow meow meow meow meow
meow meow meow meow meow meow meow meow
meow meow meow meow meow meow meow meow
meow meow meow meow meow meow meow meow
meow meow meow meow meow meow meow meow
meow meow meow meow meow meow meow meow
meow meow meow meow meow meow meow meow
meow meow.

Meow meow meow meow meow meow meow
meow meow meow meow meow meow meow meow
meow meow meow meow meow meow meow meow
meow meow meow meow meow meow meow meow
meow meow meow meow meow mcow meow meow
meow meow meow meow meow meow meow meow
meow meow meow meow meow meow meow meow
meow meow meow meow meow meow meow meow
meow meow meow meow

Meow meow meow meow meow meow meow
meow meow meow meow meow meow meow meow
meow meow meow meow meow meow meow meow
meow meow meow meow meow meow meow meow
meow meow meow meow meow meow meow meow
meow meow meow meow meow meow meow meow
meow meow meow meow meow meow meow meow
meow meow meow meow meow meow meow meow
meow meow meow meow meow meow meow meow
meow meow meow meow meow meow meow meow
meow meow meow meow meow meow meow meow

meow meow meow meow meow meow meow meow meow meow meow meow meow meow meow meow meow meow meow meow meow meow meow meow meow meow meow meow meow meow meow meow meow meow meow meow meow meow meow meow meow meow meow meow meow meow meow meow meow meow meow meow meow meow meow meow meow meow meow meow meow meow meow meow meow meow meow meow meow meow meow meow meow meow meow meow meow meow meow meow meow meow meow meow meow meow meow meow meow meow.

Meow meow meow meow meow meow meow meow meow meow meow meow meow meow meow meow meow meow meow meow meow meow meow meow meow meow meow meow meow meow meow meow meow meow meow meow meow meow meow meow meow

Meow meow meow meow meow meow meow meow meow meow meow meow meow meow meow meow meow meow meow meow meow meow meow meow meow meow

Meow meow meow meow meow meow meow meow meow meow meow meow meow meow meow meow meow meow meow meow meow meow meow meow meow meow meow meow meow meow meow meow meow meow meow meow meow meow meow meow meow meow meow meow meow meow meow meow

meow meow meow meow meow meow meow meow
meow meow meow meow meow meow meow meow
meow meow meow meow meow meow meow meow
meow meow meow meow meow meow meow meow
meow meow meow meow meow meow meow meow
meow meow meow meow meow meow meow meow
meow meow meow meow meow meow meow meow
meow meow meow meow meow meow meow meow
meow meow meow meow meow meow meow meow
meow meow meow meow meow meow meow meow
meow meow meow meow meow meow meow meow
meow meow meow meow meow meow meow meow
meow meow meow meow meow meow meow meow
meow meow meow meow meow meow meow meow
meow meow meow meow meow meow meow meow
meow meow meow meow meow meow meow meow
meow meow meow meow meow meow meow meow
meow meow meow meow meow meow meow meow
meow.

Meow meow meow meow meow meow meow
meow meow meow meow meow meow meow meow
meow meow meow meow meow meow meow meow
meow meow meow meow meow meow meow meow
meow meow meow meow meow meow meow meow
meow meow meow meow meow meow meow meow
meow meow meow meow meow meow meow meow
meow meow meow meow meow meow meow meow
meow meow meow meow meow meow meow meow

meow meow meow meow meow meow meow meow meow meow meow meow meow meow meow meow meow meow meow meow meow meow meow meow meow meow meow

Meow meow meow meow meow meow meow meow meow meow meow meow meow meow meow meow meow meow meow meow meow meow meow meow meow meow meow meow

Meow meow.

Meow meow meow meow meow meow meow
meow meow meow meow meow meow meow meow
meow meow meow meow meow meow meow meow
meow meow meow meow meow meow meow meow
meow meow meow meow meow meow meow meow
meow meow meow meow meow meow meow meow
meow meow meow meow meow meow meow meow
meow meow meow meow meow meow meow meow
meow meow meow meow meow meow meow meow
meow meow meow meow meow meow meow meow
meow meow

Meow meow meow meow meow meow meow
meow meow meow meow meow meow meow meow
meow meow meow meow meow meow meow meow
meow meow meow meow meow meow meow meow
meow meow meow meow meow meow meow meow
meow meow meow meow meow meow meow meow
meow meow meow meow meow meow meow meow
meow meow meow meow meow meow meow meow
meow meow meow meow meow meow meow meow
meow meow meow meow meow meow meow meow
meow meow meow meow meow meow meow meow
meow meow meow meow meow meow meow meow
meow meow meow meow meow meow meow meow
meow meow meow meow meow meow meow meow
meow meow meow meow meow meow meow meow
meow meow meow meow meow meow meow meow
meow meow meow meow meow meow meow meow

meow meow meow meow meow meow meow meow
meow meow meow meow meow meow meow meow
meow meow meow meow.

Meow meow meow meow meow meow meow
meow meow meow meow meow meow meow meow
meow meow meow meow meow meow meow meow
meow meow meow meow meow meow meow meow
meow meow meow meow meow meow meow meow
meow meow meow meow meow meow meow meow
meow meow meow meow meow meow meow meow
meow meow meow meow meow meow meow meow
meow meow meow meow meow meow meow meow
meow meow meow meow meow meow meow meow
meow meow meow meow meow meow meow meow
meow meow meow meow meow meow meow meow
meow meow meow meow meow meow meow meow
meow meow meow meow meow meow meow meow
meow meow meow meow meow meow meow meow
meow meow meow meow meow meow meow meow
meow meow meow meow meow meow meow meow
meow meow meow meow meow meow meow meow
meow meow meow meow meow meow meow meow
meow meow meow meow meow meow meow meow
meow meow meow meow meow meow meow meow
meow meow meow meow meow meow meow meow
meow meow meow meow meow meow meow meow
meow meow meow meow meow meow meow meow
meow meow meow meow meow meow meow meow

meow meow meow meow meow meow meow meow
meow meow.

    Meow meow meow meow meow meow meow
meow meow meow meow meow meow meow meow
meow meow meow meow meow meow meow meow
meow meow meow meow meow meow meow meow
meow meow meow meow meow meow meow meow
meow meow meow meow meow meow meow meow
meow meow meow meow meow meow meow meow
meow meow meow meow meow meow meow meow
meow meow meow meow meow meow meow meow
meow meow meow meow meow meow meow meow
meow meow meow meow meow meow meow meow
meow meow meow meow meow meow meow meow
meow meow meow meow meow meow meow meow
meow meow meow meow meow meow meow meow
meow meow meow meow meow meow meow meow
meow meow meow meow meow meow meow meow
meow meow meow meow meow meow meow meow
meow meow meow meow meow meow meow meow
meow meow meow meow meow meow meow meow
meow meow meow meow meow meow meow meow
meow meow meow meow meow meow meow meow
meow meow meow meow meow meow meow meow
meow meow meow meow meow meow meow meow
meow meow meow meow meow meow meow meow
meow meow meow meow meow meow meow meow
meow meow meow meow meow meow meow meow

meow meow meow meow meow meow meow meow
meow meow.

    Meow meow meow meow meow meow meow
meow meow meow meow meow meow meow meow
meow meow meow meow meow meow meow meow
meow meow meow meow meow meow meow meow
meow meow meow meow meow meow meow meow
meow meow meow meow meow meow meow meow
meow meow meow meow meow meow meow meow
meow meow meow meow meow meow meow meow
meow meow meow meow meow meow meow meow
meow meow meow meow meow meow meow meow
meow meow meow meow meow meow meow meow
meow meow meow meow meow meow meow meow
meow meow meow meow meow meow meow meow
meow meow meow meow meow meow meow meow
meow meow meow meow meow meow meow meow
meow meow meow meow meow meow meow meow
meow meow meow meow meow meow meow meow
meow meow meow meow meow meow meow meow
meow meow meow meow meow meow meow meow
meow meow meow meow meow meow meow meow
meow meow meow meow meow meow meow meow
meow meow meow meow meow meow meow meow
meow meow meow meow meow meow meow meow
meow meow meow meow meow meow meow meow
meow meow meow meow meow meow meow meow
meow meow meow meow meow meow meow meow

meow meow meow meow meow meow meow meow
meow meow.

Meow meow meow meow meow meow meow
meow meow meow meow meow meow meow meow
meow meow meow meow meow meow meow meow
meow meow meow meow meow meow meow meow
meow meow meow meow meow meow meow meow
meow meow meow meow meow meow meow meow
meow meow meow meow meow meow meow meow
meow meow meow meow meow meow meow meow
meow meow meow meow meow meow meow meow
meow meow meow meow meow meow meow meow
meow meow meow meow meow meow meow meow
meow meow meow meow meow meow meow meow
meow meow meow meow meow meow meow meow
meow meow meow meow meow meow meow meow
meow meow meow meow meow meow meow meow
meow meow meow meow meow meow meow meow
meow meow meow meow meow meow meow meow
meow meow meow meow meow meow meow meow
meow meow meow meow meow meow meow meow
meow meow meow meow meow meow meow meow
meow meow meow meow meow meow meow meow
meow meow meow meow meow meow meow meow
meow meow meow meow meow meow meow meow
meow meow meow meow meow meow meow meow
meow meow meow meow meow meow meow meow

meow meow meow meow meow meow meow meow
meow meow.

    Meow meow meow meow meow meow meow
meow meow meow meow meow meow meow meow
meow meow meow meow meow meow meow meow
meow meow meow meow meow meow meow meow
meow meow meow meow meow meow meow meow
meow meow meow meow meow meow meow meow
meow meow meow meow meow meow meow meow
meow meow meow meow meow meow meow meow
meow meow meow meow meow meow meow meow
meow meow meow meow meow meow meow meow
meow meow meow meow meow meow meow meow
meow meow meow meow meow meow meow meow
meow meow meow meow meow meow meow meow
meow meow meow meow meow meow meow meow
meow meow meow meow meow meow meow meow
meow meow meow meow meow meow meow meow
meow meow meow meow meow meow meow meow
meow meow meow meow meow meow meow meow
meow meow meow meow meow meow meow meow
meow meow meow meow meow meow meow meow
meow meow meow meow meow meow meow meow
meow meow meow meow meow meow meow meow
meow meow meow meow meow meow meow meow
meow meow meow meow meow meow meow meow
meow meow meow meow meow meow meow meow

meow meow meow meow meow meow meow meow meow meow.

Meow meow

meow meow meow meow meow meow meow meow
meow meow.

Meow meow meow meow meow meow meow
meow meow meow meow meow meow meow meow
meow meow meow meow meow meow meow meow
meow meow meow meow meow meow meow meow
meow meow meow meow meow meow meow meow
meow meow meow meow meow meow meow meow
meow meow meow meow meow meow meow meow
meow meow meow meow meow meow meow meow
meow meow meow meow meow meow meow meow
meow meow meow meow meow meow meow meow
meow meow meow meow meow meow meow meow
meow meow meow meow meow meow meow meow
meow meow meow meow meow meow meow meow
meow meow meow meow meow meow meow meow
meow meow meow meow meow meow meow meow
meow meow meow meow meow meow meow meow
meow meow meow meow meow meow meow meow
meow meow meow meow meow meow meow meow
meow meow meow meow meow meow meow meow
meow meow meow meow meow meow meow meow
meow meow meow meow meow meow meow meow
meow meow meow meow meow meow meow meow
meow meow meow meow meow meow meow meow
meow meow meow meow meow meow meow meow
meow meow meow meow meow meow meow meow
meow meow meow meow meow meow meow meow

meow meow meow meow meow meow meow meow
meow meow.

    Meow meow meow meow meow meow meow
meow meow meow meow meow meow meow meow
meow meow meow meow meow meow meow meow
meow meow meow meow meow meow meow meow
meow meow meow meow meow meow meow meow
meow meow meow meow meow meow meow meow
meow meow meow meow meow meow meow meow
meow meow meow meow meow meow meow meow
meow meow meow meow meow meow meow meow
meow meow meow meow meow meow meow meow
meow meow meow meow meow meow meow meow
meow meow meow meow meow meow meow meow
meow meow meow meow meow meow meow meow
meow meow meow meow meow meow meow meow
meow meow meow meow meow meow meow meow
meow meow meow meow meow meow meow meow
meow meow meow meow meow meow meow meow
meow meow meow meow meow meow meow meow
meow meow meow meow meow meow meow meow
meow meow meow meow meow meow meow meow
meow meow meow meow meow meow meow meow
meow meow meow meow meow meow meow meow
meow meow meow meow meow meow meow meow
meow meow meow meow meow meow meow meow
meow meow meow meow meow meow meow meow
meow meow meow meow meow meow meow meow
meow meow meow meow meow meow meow meow

meow meow meow meow meow meow meow meow meow meow.

Meow meow

meow meow meow meow meow meow meow meow
meow meow.

Meow meow meow meow meow meow meow
meow meow meow meow meow meow meow meow
meow meow meow meow meow meow meow meow
meow meow meow meow meow meow meow meow
meow meow meow meow meow meow meow meow
meow meow meow meow meow meow meow meow
meow meow meow meow meow meow meow meow
meow meow meow meow meow meow meow meow
meow meow meow meow meow meow meow meow
meow meow meow meow meow meow meow meow
meow meow meow meow meow meow meow meow
meow meow meow meow meow meow meow meow
meow meow meow meow meow meow meow meow
meow meow meow meow meow meow meow meow
meow meow meow meow meow meow meow meow
meow meow meow meow meow meow meow meow
meow meow meow meow meow meow meow meow
meow meow meow meow meow meow meow meow
meow meow meow meow meow meow meow meow
meow meow meow meow meow meow meow meow
meow meow meow meow meow meow meow meow
meow meow meow meow meow meow meow meow
meow meow meow meow meow meow meow meow
meow meow meow meow meow meow meow meow
meow meow meow meow meow meow meow meow

meow meow meow meow meow meow meow meow
meow meow.

    Meow meow meow meow meow meow meow
meow meow meow meow meow meow meow meow
meow meow meow meow meow meow meow meow
meow meow meow meow meow meow meow meow
meow meow meow meow meow meow meow meow
meow meow meow meow meow meow meow meow
meow meow meow meow meow meow meow meow
meow meow meow meow meow meow meow meow
meow meow meow meow meow meow meow meow
meow meow meow meow meow meow meow meow
meow meow meow meow meow meow meow meow
meow meow meow meow meow meow meow meow
meow meow meow meow meow meow meow meow
meow meow meow meow meow meow meow meow
meow meow meow meow meow meow meow meow
meow meow meow meow meow meow meow meow
meow meow meow meow meow meow meow meow
meow meow meow meow meow meow meow meow
meow meow meow meow meow meow meow meow
meow meow meow meow meow meow meow meow
meow meow meow meow meow meow meow meow
meow meow meow meow meow meow meow meow
meow meow meow meow meow meow meow meow
meow meow meow meow meow meow meow meow
meow meow meow meow meow meow meow meow
meow meow meow meow meow meow meow meow

meow meow meow meow meow meow meow meow
meow meow.

Meow meow meow meow meow meow meow
meow meow meow meow meow meow meow meow
meow meow meow meow meow meow meow meow
meow meow meow meow meow meow meow meow
meow meow meow meow meow meow meow meow
meow meow meow meow meow meow meow meow
meow meow meow meow meow meow meow meow
meow meow meow meow meow meow meow meow
meow meow meow meow meow meow meow meow
meow meow meow meow meow meow meow meow
meow meow meow meow meow meow meow meow
meow meow meow meow meow meow meow meow
meow meow meow meow meow meow meow meow
meow meow meow meow meow meow meow meow
meow meow meow meow meow meow meow meow
meow meow meow meow meow meow meow meow
meow meow meow meow meow meow meow meow
meow meow meow meow meow meow meow meow
meow meow meow meow meow meow meow meow
meow meow meow meow meow meow meow meow
meow meow meow meow meow meow meow meow
meow meow meow meow meow meow meow meow
meow meow meow meow meow meow meow meow
meow meow meow meow meow meow meow meow
meow meow meow meow meow meow meow meow
meow meow meow meow meow meow meow meow

meow meow meow meow meow meow meow meow
meow meow.

    Meow meow meow meow meow meow meow
meow meow meow meow meow meow meow meow
meow meow meow meow meow meow meow meow
meow meow meow meow meow meow meow meow
meow meow meow meow meow meow meow meow
meow meow meow meow meow meow meow meow
meow meow meow meow meow meow meow meow
meow meow meow meow meow meow meow meow
meow meow meow meow meow meow meow meow
meow meow meow meow meow meow meow meow
meow meow meow meow meow meow meow meow
meow meow meow meow meow meow meow meow
meow meow meow meow meow meow meow meow
meow meow meow meow meow meow meow meow
meow meow meow meow meow meow meow meow
meow meow meow meow meow meow meow meow
meow meow meow meow meow meow meow meow
meow meow meow meow meow meow meow meow
meow meow meow meow meow meow meow meow
meow meow meow meow meow meow meow meow
meow meow meow meow meow meow meow meow
meow meow meow meow meow meow meow meow
meow meow meow meow meow meow meow meow
meow meow meow meow meow meow meow meow
meow meow meow meow meow meow meow meow
meow meow meow meow meow meow meow meow

meow meow meow meow meow meow meow meow
meow meow.

    Meow meow meow meow meow meow meow
meow meow meow meow meow meow meow meow
meow meow meow meow meow meow meow meow
meow meow meow meow meow meow meow meow
meow meow meow meow meow meow meow meow
meow meow meow meow meow meow meow meow
meow meow meow meow meow meow meow meow
meow meow meow meow meow meow meow meow
meow meow meow meow meow meow meow meow
meow meow meow meow meow meow meow meow
meow meow mcow meow meow meow meow meow
meow meow meow meow meow meow meow meow
meow meow meow meow meow meow meow meow
meow meow meow meow meow meow meow meow
meow meow meow meow meow meow meow meow
meow meow meow meow meow meow meow meow
meow meow meow meow meow meow meow meow
meow meow meow meow meow meow meow meow
meow meow meow meow meow meow meow meow
meow meow meow meow meow meow meow meow
meow meow meow meow meow meow meow meow
meow meow meow meow meow meow meow meow
meow meow meow meow meow meow meow meow
meow meow meow meow meow meow meow meow
meow meow meow meow meow meow meow meow
meow meow meow meow meow meow meow meow
meow meow meow meow meow meow meow meow

meow meow meow meow meow meow meow meow
meow meow.

Meow meow meow meow meow meow meow
meow meow meow meow meow meow meow meow
meow meow meow meow meow meow meow meow
meow meow meow meow meow meow meow meow
meow meow meow meow meow meow meow meow
meow meow meow meow meow meow meow meow
meow meow meow meow meow meow meow meow
meow meow meow meow meow meow meow meow
meow meow meow meow meow meow meow meow
meow meow meow meow meow meow meow meow
meow meow meow meow meow meow meow meow
meow meow meow meow meow meow meow meow
meow meow meow meow meow meow meow meow
meow meow meow meow meow meow meow meow
meow meow meow meow meow meow meow meow
meow meow meow meow meow meow meow meow
meow meow meow meow meow meow meow meow
meow meow meow meow meow meow meow meow
meow meow meow meow meow meow meow meow
meow meow meow meow meow meow meow meow
meow meow meow meow meow meow meow meow
meow meow meow meow meow meow meow meow
meow meow meow meow meow meow meow meow
meow meow meow meow meow meow meow meow
meow meow meow meow meow meow meow meow

meow meow meow meow meow meow meow meow
meow meow.

Meow meow meow meow meow meow meow
meow meow meow meow meow meow meow meow
meow meow meow meow meow meow meow meow
meow meow meow meow meow meow meow meow
meow meow meow meow meow meow meow meow
meow meow meow meow meow meow meow meow
meow meow meow meow meow meow meow meow
meow meow meow meow meow meow meow meow
meow meow meow meow meow meow meow meow
meow meow meow meow meow meow meow meow
meow meow meow meow meow meow meow meow
meow meow meow meow meow meow meow meow
meow meow meow meow meow meow meow meow
meow meow meow meow meow meow meow meow
meow meow meow meow meow meow meow meow
meow meow meow meow meow meow meow meow
meow meow meow meow meow meow meow meow
meow meow meow meow meow meow meow meow
meow meow meow meow meow meow meow meow
meow meow meow meow meow meow meow meow
meow meow meow meow meow meow meow meow
meow meow meow meow meow meow meow meow
meow meow meow meow meow meow meow meow
meow meow meow meow meow meow meow meow
meow meow meow meow meow meow meow meow

meow meow meow meow meow meow meow meow
meow meow.

Meow meow meow meow meow meow meow
meow meow meow meow meow meow meow meow
meow meow meow meow meow meow meow meow
meow meow meow meow meow meow meow meow
meow meow meow meow meow meow meow meow
meow meow meow meow meow meow meow meow
meow meow meow meow meow meow meow meow
meow meow meow meow meow meow meow meow
meow meow meow meow meow meow meow meow
meow meow meow meow meow meow meow meow
meow meow meow meow meow meow meow meow
meow meow meow meow meow meow meow meow
meow meow meow meow meow meow meow meow
meow meow meow meow meow meow meow meow
meow meow meow meow meow meow meow meow
meow meow meow meow meow meow meow meow
meow meow meow meow meow meow meow meow
meow meow meow meow meow meow meow meow
meow meow meow meow meow meow meow meow
meow meow meow meow meow meow meow meow
meow meow meow meow meow meow meow meow
meow meow meow meow meow meow meow meow
meow meow meow meow meow meow meow meow
meow meow meow meow meow meow meow meow

meow meow meow meow meow meow meow meow
meow meow.

    Meow meow meow meow meow meow meow
meow meow meow meow meow meow meow meow
meow meow meow meow meow meow meow meow
meow meow meow meow meow meow meow meow
meow meow meow meow meow meow meow meow
meow meow meow meow meow meow meow meow
meow meow meow meow meow meow meow meow
meow meow meow meow meow meow meow meow
meow meow meow meow meow meow meow meow
meow meow meow meow meow meow meow meow
meow meow meow meow meow meow meow meow
meow meow meow meow meow meow meow meow
meow meow meow meow meow meow meow meow
meow meow meow meow meow meow meow meow
meow meow meow meow meow meow meow meow
meow meow meow meow meow meow meow meow
meow meow meow meow meow meow meow meow
meow meow meow meow meow meow meow meow
meow meow meow meow meow meow meow meow
meow meow meow meow meow meow meow meow
meow meow meow meow meow meow meow meow
meow meow meow meow meow meow meow meow
meow meow meow meow meow meow meow meow
meow meow meow meow meow meow meow meow
meow meow meow meow meow meow meow meow
meow meow meow meow meow meow meow meow

meow meow meow meow meow meow meow meow meow meow.

Meow meow

meow meow meow meow meow meow meow meow
meow meow.

    Meow meow meow meow meow meow meow
meow meow meow meow meow meow meow meow
meow meow meow meow meow meow meow meow
meow meow meow meow meow meow meow meow
meow meow meow meow meow meow meow meow
meow meow meow meow meow meow meow meow
meow meow meow meow meow meow meow meow
meow meow meow meow meow meow meow meow
meow meow meow meow meow meow meow meow
meow meow meow meow meow meow meow meow
meow meow mcow meow meow meow meow meow
meow meow meow meow meow meow meow meow
meow meow meow meow meow meow meow meow
meow meow meow meow meow meow meow meow
meow meow meow meow meow meow meow meow
meow meow meow meow meow meow meow meow
meow meow meow meow meow meow meow meow
meow meow meow meow meow meow meow meow
meow meow meow meow meow meow meow meow
meow meow meow meow meow meow meow meow
meow meow meow meow meow meow meow meow
meow meow meow meow meow meow meow meow
meow meow meow meow meow meow meow meow
meow meow meow meow meow meow meow meow
meow meow meow meow meow meow meow meow

meow meow meow meow meow meow meow meow
meow meow.

    Meow meow meow meow meow meow meow
meow meow meow meow meow meow meow meow
meow meow meow meow meow meow meow meow
meow meow meow meow meow meow meow meow
meow meow meow meow meow meow meow meow
meow meow meow meow meow meow meow meow
meow meow meow meow meow meow meow meow
meow meow meow meow meow meow meow meow
meow meow meow meow meow meow meow meow
meow meow meow meow meow meow meow meow
meow meow meow meow meow meow meow meow
meow meow meow meow meow meow meow meow
meow meow meow meow meow meow meow meow
meow meow meow meow meow meow meow meow
meow meow meow meow meow meow meow meow
meow meow meow meow meow meow meow meow
meow meow meow meow meow meow meow meow
meow meow meow meow meow meow meow meow
meow meow meow meow meow meow meow meow
meow meow meow meow meow meow meow meow
meow meow meow meow meow meow meow meow
meow meow meow meow meow meow meow meow
meow meow meow meow meow meow meow meow
meow meow meow meow meow meow meow meow

meow meow meow meow meow meow meow meow
meow meow.

Meow meow meow meow meow meow meow
meow meow meow meow meow meow meow meow
meow meow meow meow meow meow meow meow
meow meow meow meow meow meow meow meow
meow meow meow meow meow meow meow meow
meow meow meow meow meow meow meow meow
meow meow meow meow meow meow meow meow
meow meow meow meow meow meow meow meow
meow meow meow meow meow meow meow meow
meow meow meow meow meow meow meow meow
meow meow meow meow meow meow meow meow
meow meow meow meow meow meow meow meow
meow meow meow meow meow meow meow meow
meow meow meow meow meow meow meow meow
meow meow meow meow meow meow meow meow
meow meow meow meow meow meow meow meow
meow meow meow meow meow meow meow meow
meow meow meow meow meow meow meow meow
meow meow meow meow meow meow meow meow
meow meow meow meow meow meow meow meow
meow meow meow meow meow meow meow meow
meow meow meow meow meow meow meow meow
meow meow meow meow meow meow meow meow
meow meow meow meow meow meow meow meow
meow meow meow meow meow meow meow meow
meow meow meow meow meow meow meow meow

meow meow meow meow meow meow meow meow meow meow.

Meow meow

meow meow meow meow meow meow meow meow meow meow.

Meow meow

meow meow meow meow meow meow meow meow meow meow.

Meow meow

meow meow meow meow meow meow meow meow
meow meow.

Meow meow meow meow meow meow meow
meow meow meow meow meow meow meow meow
meow meow meow meow meow meow meow meow
meow meow meow meow meow meow meow meow
meow meow meow meow meow meow meow meow
meow meow meow meow meow meow meow meow
meow meow meow meow meow meow meow meow
meow meow meow meow meow meow meow meow
meow meow meow meow meow meow meow meow
meow meow meow meow meow meow meow meow
meow mcow meow meow meow meow meow meow
meow meow meow meow meow meow meow meow
meow meow meow meow meow meow meow meow
meow meow meow meow meow meow meow meow
meow meow meow meow meow meow meow meow
meow meow meow meow meow meow meow meow
meow meow meow meow meow meow meow meow
meow meow meow meow meow meow meow meow
meow meow meow meow meow meow meow meow
meow meow meow meow meow meow meow meow
meow meow meow meow meow meow meow meow
meow meow meow meow meow meow meow meow
meow meow meow meow meow meow meow meow
meow meow meow meow meow meow meow meow
meow meow meow meow meow meow meow meow
meow meow meow meow meow meow meow meow

meow meow meow meow meow meow meow meow meow meow.

Meow meow

meow meow meow meow meow meow meow meow
meow meow.

    Meow meow meow meow meow meow meow
meow meow meow meow meow meow meow meow
meow meow meow meow meow meow meow meow
meow meow meow meow meow meow meow meow
meow meow meow meow meow meow meow meow
meow meow meow meow meow meow meow meow
meow meow meow meow meow meow meow meow
meow meow meow meow meow meow meow meow
meow meow meow meow meow meow meow meow
meow meow meow meow meow meow meow meow
meow meow meow meow meow meow meow meow
meow meow meow meow meow meow meow meow
meow meow meow meow meow meow meow meow
meow meow meow meow meow meow meow meow
meow meow meow meow meow meow meow meow
meow meow meow meow meow meow meow meow
meow meow meow meow meow meow meow meow
meow meow meow meow meow meow meow meow
meow meow meow meow meow meow meow meow
meow meow meow meow meow meow meow meow
meow meow meow meow meow meow meow meow
meow meow meow meow meow meow meow meow
meow meow meow meow meow meow meow meow
meow meow meow meow meow meow meow meow
meow meow meow meow meow meow meow meow
meow meow meow meow meow meow meow meow

meow meow meow meow meow meow meow meow
meow meow.

Meow meow meow meow meow meow meow
meow meow meow meow meow meow meow meow
meow meow meow meow meow meow meow meow
meow meow meow meow meow meow meow meow
meow meow meow meow meow meow meow meow
meow meow meow meow meow meow meow meow
meow meow meow meow meow meow meow meow
meow meow meow meow meow meow meow meow
meow meow meow meow meow meow meow meow
meow meow meow meow meow meow meow meow
meow meow meow meow meow meow meow meow
meow meow meow meow meow meow meow meow
meow meow meow meow meow meow meow meow
meow meow meow meow meow meow meow meow
meow meow meow meow meow meow meow meow
meow meow meow meow meow meow meow meow
meow meow meow meow meow meow meow meow
meow meow meow meow meow meow meow meow
meow meow meow meow meow meow meow meow
meow meow meow meow meow meow meow meow
meow meow meow meow meow meow meow meow
meow meow meow meow meow meow meow meow
meow meow meow meow meow meow meow meow
meow meow meow meow meow meow meow meow
meow meow meow meow meow meow meow meow

meow meow meow meow meow meow meow meow
meow meow.

    Meow meow meow meow meow meow meow
meow meow meow meow meow meow meow meow
meow meow meow meow meow meow meow meow
meow meow meow meow meow meow meow meow
meow meow meow meow meow meow meow meow
meow meow meow meow meow meow meow meow
meow meow meow meow meow meow meow meow
meow meow meow meow meow meow meow meow
meow meow meow meow meow meow meow meow
meow meow meow meow meow meow meow meow
meow meow meow meow meow meow meow meow
meow meow meow meow meow meow meow meow
meow meow meow meow meow meow meow meow
meow meow meow meow meow meow meow meow
meow meow meow meow meow meow meow meow
meow meow meow meow meow meow meow meow
meow meow meow meow meow meow meow meow
meow meow meow meow meow meow meow meow
meow meow meow meow meow meow meow meow
meow meow meow meow meow meow meow meow
meow meow meow meow meow meow meow meow
meow meow meow meow meow meow meow meow
meow meow meow meow meow meow meow meow
meow meow meow meow meow meow meow meow
meow meow meow meow meow meow meow meow
meow meow meow meow meow meow meow meow

meow meow meow meow meow meow meow meow meow meow.

Meow meow

meow meow meow meow meow meow meow meow meow meow.

Meow meow

meow meow meow meow meow meow meow meow meow meow.

Meow meow

meow meow meow meow meow meow meow meow meow meow.

Meow meow

meow meow meow meow meow meow meow meow meow meow.

Meow meow

meow meow meow meow meow meow meow meow
meow meow.

Meow meow meow meow meow meow meow
meow meow meow meow meow meow meow meow
meow meow meow meow meow meow meow meow
meow meow meow meow meow meow meow meow
meow meow meow meow meow meow meow meow
meow meow meow meow meow meow meow meow
meow meow meow meow meow meow meow meow
meow meow meow meow meow meow meow meow
meow meow meow meow meow meow meow meow
meow meow meow meow meow meow meow meow
meow meow meow meow meow meow meow meow
meow meow meow meow meow meow meow meow
meow meow meow meow meow meow meow meow
meow meow meow meow meow meow meow meow
meow meow meow meow meow meow meow meow
meow meow meow meow meow meow meow meow
meow meow meow meow meow meow meow meow
meow meow meow meow meow meow meow meow
meow meow meow meow meow meow meow meow
meow meow meow meow meow meow meow meow
meow meow meow meow meow meow meow meow
meow meow meow meow meow meow meow meow
meow meow meow meow meow meow meow meow
meow meow meow meow meow meow meow meow
meow meow meow meow meow meow meow meow
meow meow meow meow meow meow meow meow

meow meow meow meow meow meow meow meow
meow meow.

    Meow meow meow meow meow meow meow
meow meow meow meow meow meow meow meow
meow meow meow meow meow meow meow meow
meow meow meow meow meow meow meow meow
meow meow meow meow meow meow meow meow
meow meow meow meow meow meow meow meow
meow meow meow meow meow meow meow meow
meow meow meow meow meow meow meow meow
meow meow meow meow meow meow meow meow
meow meow meow meow meow meow meow meow
meow meow meow meow meow meow meow meow
meow meow meow meow meow meow meow meow
meow meow meow meow meow meow meow meow
meow meow meow meow meow meow meow meow
meow meow meow meow meow meow meow meow
meow meow meow meow meow meow meow meow
meow meow meow meow meow meow meow meow
meow meow meow meow meow meow meow meow
meow meow meow meow meow meow meow meow
meow meow meow meow meow meow meow meow
meow meow meow meow meow meow meow meow
meow meow meow meow meow meow meow meow
meow meow meow meow meow meow meow meow
meow meow meow meow meow meow meow meow

meow meow meow meow meow meow meow meow
meow meow.

Meow meow meow meow meow meow meow
meow meow meow meow meow meow meow meow
meow meow meow meow meow meow meow meow
meow meow meow meow meow meow meow meow
meow meow meow meow meow meow meow meow
meow meow meow meow meow meow meow meow
meow meow meow meow meow meow meow meow
meow meow meow meow meow meow meow meow
meow meow meow meow meow meow meow meow
meow meow meow meow meow meow meow meow
meow meow meow meow meow meow meow meow
meow meow meow meow meow meow meow meow
meow meow meow meow meow meow meow meow
meow meow meow meow meow meow meow meow
meow meow meow meow meow meow meow meow
meow meow meow meow meow meow meow meow
meow meow meow meow meow meow meow meow
meow meow meow meow meow meow meow meow
meow meow meow meow meow meow meow meow
meow meow meow meow meow meow meow meow
meow meow meow meow meow meow meow meow
meow meow meow meow meow meow meow meow
meow meow meow meow meow meow meow meow
meow meow meow meow meow meow meow meow
meow meow meow meow meow meow meow meow

meow meow meow meow meow meow meow meow meow meow.

Meow meow

meow meow meow meow meow meow meow meow
meow meow.

Meow meow meow meow meow meow meow
meow meow meow meow meow meow meow meow
meow meow meow meow meow meow meow meow
meow meow meow meow meow meow meow meow
meow meow meow meow meow meow meow meow
meow meow meow meow meow meow meow meow
meow meow meow meow meow meow meow meow
meow meow meow meow meow meow meow meow
meow meow meow meow meow meow meow meow
meow meow meow meow meow meow meow meow
meow meow meow mcow meow meow meow meow
meow meow meow meow meow meow meow meow
meow meow meow meow meow meow meow meow
meow meow meow meow meow meow meow meow
meow meow meow meow meow meow meow meow
meow meow meow meow meow meow meow meow
meow meow meow meow meow meow meow meow
meow meow meow meow meow meow meow meow
meow meow meow meow meow meow meow meow
meow meow meow meow meow meow meow meow
meow meow meow meow meow meow meow meow
meow meow meow meow meow meow meow meow
meow meow meow meow meow meow meow meow
meow meow meow meow meow meow meow meow
meow meow meow meow meow meow meow meow
meow meow meow meow meow meow meow meow
meow meow meow meow meow meow meow meow

meow meow meow meow meow meow meow meow meow meow.

Meow meow

meow meow meow meow meow meow meow meow meow meow.

Meow meow

meow meow meow meow meow meow meow meow
meow meow.

    Meow meow meow meow meow meow meow
meow meow meow meow meow meow meow meow
meow meow meow meow meow meow meow meow
meow meow meow meow meow meow meow meow
meow meow meow meow meow meow meow meow
meow meow meow meow meow meow meow meow
meow meow meow meow meow meow meow meow
meow meow meow meow meow meow meow meow
meow meow meow meow meow meow meow meow
meow meow meow meow meow meow meow meow
meow meow meow meow meow meow meow meow
meow meow meow meow meow meow meow meow
meow meow meow meow meow meow meow meow
meow meow meow meow meow meow meow meow
meow meow meow meow meow meow meow meow
meow meow meow meow meow meow meow meow
meow meow meow meow meow meow meow meow
meow meow meow meow meow meow meow meow
meow meow meow meow meow meow meow meow
meow meow meow meow meow meow meow meow
meow meow meow meow meow meow meow meow
meow meow meow meow meow meow meow meow
meow meow meow meow meow meow meow meow
meow meow meow meow meow meow meow meow
meow meow meow meow meow meow meow meow

meow meow meow meow meow meow meow meow meow meow.

Meow meow

meow meow meow meow meow meow meow meow meow meow.

Meow meow

meow meow meow meow meow meow meow meow
meow meow.

Meow meow meow meow meow meow meow
meow meow meow meow meow meow meow meow
meow meow meow meow meow meow meow meow
meow meow meow meow meow meow meow meow
meow meow meow meow meow meow meow meow
meow meow meow meow meow meow meow meow
meow meow meow meow meow meow meow meow
meow meow meow meow meow meow meow meow
meow meow meow meow meow meow meow meow
meow meow meow meow meow meow meow meow
meow meow meow meow meow meow meow meow
meow meow meow meow meow meow meow meow
meow meow meow meow meow meow meow meow
meow meow meow meow meow meow meow meow
meow meow meow meow meow meow meow meow
meow meow meow meow meow meow meow meow
meow meow meow meow meow meow meow meow
meow meow meow meow meow meow meow meow
meow meow meow meow meow meow meow meow
meow meow meow meow meow meow meow meow
meow meow meow meow meow meow meow meow
meow meow meow meow meow meow meow meow
meow meow meow meow meow meow meow meow
meow meow meow meow meow meow meow meow
meow meow meow meow meow meow meow meow
meow meow meow meow meow meow meow meow
meow meow meow meow meow meow meow meow

meow meow meow meow meow meow meow meow
meow meow.

Meow meow meow meow meow meow meow
meow meow meow meow meow meow meow meow
meow meow meow meow meow meow meow meow
meow meow meow meow meow meow meow meow
meow meow meow meow meow meow meow meow
meow meow meow meow meow meow meow meow
meow meow meow meow meow meow meow meow
meow meow meow meow meow meow meow meow
meow meow meow meow meow meow meow meow
meow meow meow meow meow meow meow meow
meow meow meow meow meow meow meow meow
meow meow meow meow meow meow meow meow
meow meow meow meow meow meow meow meow
meow meow meow meow meow meow meow meow
meow meow meow meow meow meow meow meow
meow meow meow meow meow meow meow meow
meow meow meow meow meow meow meow meow
meow meow meow meow meow meow meow meow
meow meow meow meow meow meow meow meow
meow meow meow meow meow meow meow meow
meow meow meow meow meow meow meow meow
meow meow meow meow meow meow meow meow
meow meow meow meow meow meow meow meow
meow meow meow meow meow meow meow meow
meow meow meow meow meow meow meow meow

meow meow meow meow meow meow meow meow meow meow.

Meow meow

meow meow meow meow meow meow meow meow
meow meow.

    Meow meow meow meow meow meow meow
meow meow meow meow meow meow meow meow
meow meow meow meow meow meow meow meow
meow meow meow meow meow meow meow meow
meow meow meow meow meow meow meow meow
meow meow meow meow meow meow meow meow
meow meow meow meow meow meow meow meow
meow meow meow meow meow meow meow meow
meow meow meow meow meow meow meow meow
meow meow meow meow meow meow meow meow
meow meow meow meow meow meow meow meow
meow meow meow meow meow meow meow meow
meow meow meow meow meow meow meow meow
meow meow meow meow meow meow meow meow
meow meow meow meow meow meow meow meow
meow meow meow meow meow meow meow meow
meow meow meow meow meow meow meow meow
meow meow meow meow meow meow meow meow
meow meow meow meow meow meow meow meow
meow meow meow meow meow meow meow meow
meow meow meow meow meow meow meow meow
meow meow meow meow meow meow meow meow
meow meow meow meow meow meow meow meow
meow meow meow meow meow meow meow meow
meow meow meow meow meow meow meow meow
meow meow meow meow meow meow meow meow

meow meow meow meow meow meow meow meow meow meow.

Meow meow meow meow meow meow meow meow meow meow meow meow meow meow meow meow meow meow meow meow meow meow meow meow meow meow meow meow meow meow meow meow meow meow meow meow meow meow meow meow meow meow meow meow meow meow meow meow meow meow meow meow meow meow meow meow meow meow meow meow meow meow meow meow meow meow meow meow meow meow meow meow meow meow meow meow meow meow meow meow meow meow meow meow meow meow meow meow mcow meow

meow meow meow meow meow meow meow meow
meow meow.

Meow meow meow meow meow meow meow
meow meow meow meow meow meow meow meow
meow meow meow meow meow meow meow meow
meow meow meow meow meow meow meow meow
meow meow meow meow meow meow meow meow
meow meow meow meow meow meow meow meow
meow meow meow meow meow meow meow meow
meow meow meow meow meow meow meow meow
meow meow meow meow meow meow meow meow
meow meow meow meow meow meow meow meow
meow meow meow meow meow meow meow meow
meow meow meow meow meow meow meow meow
meow meow meow meow meow meow meow meow
meow meow meow meow meow meow meow meow
meow meow meow meow meow meow meow meow
meow meow meow meow meow meow meow meow
meow meow meow meow meow meow meow meow
meow meow meow meow meow meow meow meow
meow meow meow meow meow meow meow meow
meow meow meow meow meow meow meow meow
meow meow meow meow meow meow meow meow
meow meow meow meow meow meow meow meow
meow meow meow meow meow meow meow meow
meow meow meow meow meow meow meow meow
meow meow meow meow meow meow meow meow

meow meow meow meow meow meow meow meow
meow meow.

    Meow meow meow meow meow meow meow
meow meow meow meow meow meow meow meow
meow meow meow meow meow meow meow meow
meow meow meow meow meow meow meow meow
meow meow meow meow meow meow meow meow
meow meow meow meow meow meow meow meow
meow meow meow meow meow meow meow meow
meow meow meow meow meow meow meow meow
meow meow meow meow meow meow meow meow
meow meow meow meow meow meow meow meow
meow meow meow meow meow meow meow meow
meow meow meow meow meow meow meow meow
meow meow meow meow meow meow meow meow
meow meow meow meow meow meow meow meow
meow meow meow meow meow meow meow meow
meow meow meow meow meow meow meow meow
meow meow meow meow meow meow meow meow
meow meow meow meow meow meow meow meow
meow meow meow meow meow meow meow meow
meow meow meow meow meow meow meow meow
meow meow meow meow meow meow meow meow
meow meow meow meow meow meow meow meow
meow meow meow meow meow meow meow meow
meow meow meow meow meow meow meow meow
meow meow meow meow meow meow meow meow
meow meow meow meow meow meow meow meow

meow meow meow meow meow meow meow meow meow meow.

Meow meow

meow meow meow meow meow meow meow meow meow meow.

Meow meow

meow meow meow meow meow meow meow meow meow meow.

Meow meow

meow meow meow meow meow meow meow meow meow meow.

Meow meow

meow meow meow meow meow meow meow meow
meow meow.

Meow meow meow meow meow meow meow
meow meow meow meow meow meow meow meow
meow meow meow meow meow meow meow meow
meow meow meow meow meow meow meow meow
meow meow meow meow meow meow meow meow
meow meow meow meow meow meow meow meow
meow meow meow meow meow meow meow meow
meow meow meow meow meow meow meow meow
meow meow meow meow meow meow meow meow
meow meow meow meow meow meow meow meow
meow meow meow meow meow meow meow meow
meow meow meow meow meow meow meow meow
meow meow meow meow meow meow meow meow
meow meow meow meow meow meow meow meow
meow meow meow meow meow meow meow meow
meow meow meow meow meow meow meow meow
meow meow meow meow meow meow meow meow
meow meow meow meow meow meow meow meow
meow meow meow meow meow meow meow meow
meow meow meow meow meow meow meow meow
meow meow meow meow meow meow meow meow
meow meow meow meow meow meow meow meow
meow meow meow meow meow meow meow meow
meow meow meow meow meow meow meow meow
meow meow meow meow meow meow meow meow

meow meow meow meow meow meow meow meow
meow meow.

Meow meow meow meow meow meow meow
meow meow meow meow meow meow meow meow
meow meow meow meow meow meow meow meow
meow meow meow meow meow meow meow meow
meow meow meow meow meow meow meow meow
meow meow meow meow meow meow meow meow
meow meow meow meow meow meow meow meow
meow meow meow meow meow meow meow meow
meow meow meow meow meow meow meow meow
meow meow meow meow meow meow meow meow
meow meow meow meow meow meow meow meow
meow meow meow meow meow meow meow meow
meow meow meow meow meow meow meow meow
meow meow meow meow meow meow meow meow
meow meow meow meow meow meow meow meow
meow meow meow meow meow meow meow meow
meow meow meow meow meow meow meow meow
meow meow meow meow meow meow meow meow
meow meow meow meow meow meow meow meow
meow meow meow meow meow meow meow meow
meow meow meow meow meow meow meow meow
meow meow meow meow meow meow meow meow
meow meow meow meow meow meow meow meow
meow meow meow meow meow meow meow meow
meow meow meow meow meow meow meow meow
meow meow meow meow meow meow meow meow

meow meow meow meow meow meow meow meow meow meow.

Meow meow

meow meow meow meow meow meow meow meow
meow meow.

Meow meow meow meow meow meow meow
meow meow meow meow meow meow meow meow
meow meow meow meow meow meow meow meow
meow meow meow meow meow meow meow meow
meow meow meow meow meow meow meow meow
meow meow meow meow meow meow meow meow
meow meow meow meow meow meow meow meow
meow meow meow meow meow meow meow meow
meow meow meow meow meow meow meow meow
meow meow meow meow meow meow meow meow
meow meow meow meow meow meow meow meow
meow meow meow meow meow meow meow meow
meow meow meow meow meow meow meow meow
meow meow meow meow meow meow meow meow
meow meow meow meow meow meow meow meow
meow meow meow meow meow meow meow meow
meow meow meow meow meow meow meow meow
meow meow meow meow meow meow meow meow
meow meow meow meow meow meow meow meow
meow meow meow meow meow meow meow meow
meow meow meow meow meow meow meow meow
meow meow meow meow meow meow meow meow
meow meow meow meow meow meow meow meow
meow meow meow meow meow meow meow meow
meow meow meow meow meow meow meow meow
meow meow meow meow meow meow meow meow
meow meow meow meow meow meow meow meow

meow meow meow meow meow meow meow meow meow meow.

Meow meow

meow meow meow meow meow meow meow meow
meow meow.

    Meow meow meow meow meow meow meow
meow meow meow meow meow meow meow meow
meow meow meow meow meow meow meow meow
meow meow meow meow meow meow meow meow
meow meow meow meow meow meow meow meow
meow meow meow meow meow meow meow meow
meow meow meow meow meow meow meow meow
meow meow meow meow meow meow meow meow
meow meow meow meow meow meow meow meow
meow meow meow meow meow meow meow meow
meow meow meow meow meow meow meow meow
meow meow meow meow meow meow meow meow
meow meow meow meow meow meow meow meow
meow meow meow meow meow meow meow meow
meow meow meow meow meow meow meow meow
meow meow meow meow meow meow meow meow
meow meow meow meow meow meow meow meow
meow meow meow meow meow meow meow meow
meow meow meow meow meow meow meow meow
meow meow meow meow meow meow meow meow
meow meow meow meow meow meow meow meow
meow meow meow meow meow meow meow meow
meow meow meow meow meow meow meow meow
meow meow meow meow meow meow meow meow
meow meow meow meow meow meow meow meow
meow meow meow meow meow meow meow meow

meow meow meow meow meow meow meow meow meow meow.

Meow meow

meow meow meow meow meow meow meow meow
meow meow.

Meow meow meow meow meow meow meow
meow meow meow meow meow meow meow meow
meow meow meow meow meow meow meow meow
meow meow meow meow meow meow meow meow
meow meow meow meow meow meow meow meow
meow meow meow meow meow meow meow meow
meow meow meow meow meow meow meow meow
meow meow meow meow meow meow meow meow
meow meow meow meow meow meow meow meow
meow meow meow meow meow meow meow meow
meow meow meow meow meow meow meow meow
meow meow meow meow meow meow meow meow
meow meow meow meow meow meow meow meow
meow meow meow meow meow meow meow meow
meow meow meow meow meow meow meow meow
meow meow meow meow meow meow meow meow
meow meow meow meow meow meow meow meow
meow meow meow meow meow meow meow meow
meow meow meow meow meow meow meow meow
meow meow meow meow meow meow meow meow
meow meow meow meow meow meow meow meow
meow meow meow meow meow meow meow meow
meow meow meow meow meow meow meow meow
meow meow meow meow meow meow meow meow
meow meow meow meow meow meow meow meow
meow meow meow meow meow meow meow meow

meow meow meow meow meow meow meow meow
meow meow.

Meow meow meow meow meow meow meow
meow meow meow meow meow meow meow meow
meow meow meow meow meow meow meow meow
meow meow meow meow meow meow meow meow
meow meow meow meow meow meow meow meow
meow meow meow meow meow meow meow meow
meow meow meow meow meow meow meow meow
meow meow meow meow meow meow meow meow
meow meow meow meow meow meow meow meow
meow meow meow meow meow meow meow meow
meow meow meow meow meow meow meow meow
meow meow meow meow meow meow meow meow
meow meow meow meow meow meow meow meow
meow meow meow meow meow meow meow meow
meow meow meow meow meow meow meow meow
meow meow meow meow meow meow meow meow
meow meow meow meow meow meow meow meow
meow meow meow meow meow meow meow meow
meow meow meow meow meow meow meow meow
meow meow meow meow meow meow meow meow
meow meow meow meow meow meow meow meow
meow meow meow meow meow meow meow meow
meow meow meow meow meow meow meow meow
meow meow meow meow meow meow meow meow

meow meow meow meow meow meow meow meow
meow meow.

Meow meow meow meow meow meow meow
meow meow meow meow meow meow meow meow
meow meow meow meow meow meow meow meow
meow meow meow meow meow meow meow meow
meow meow meow meow meow meow meow meow
meow meow meow meow meow meow meow meow
meow meow meow meow meow meow meow meow
meow meow meow meow meow meow meow meow
meow meow meow meow meow meow meow meow
meow meow meow meow meow meow meow meow
meow meow meow meow meow meow meow meow
meow meow meow meow meow meow meow meow
meow meow meow meow meow meow meow meow
meow meow meow meow meow meow meow meow
meow meow meow meow meow meow meow meow
meow meow meow meow meow meow meow meow
meow meow meow meow meow meow meow meow
meow meow meow meow meow meow meow meow
meow meow meow meow meow meow meow meow
meow meow meow meow meow meow meow meow
meow meow meow meow meow meow meow meow
meow meow meow meow meow meow meow meow
meow meow meow meow meow meow meow meow
meow meow meow meow meow meow meow meow
meow meow meow meow meow meow meow meow
meow meow meow meow meow meow meow meow

meow meow meow meow meow meow meow meow
meow meow.

    Meow meow meow meow meow meow meow
meow meow meow meow meow meow meow meow
meow meow meow meow meow meow meow meow
meow meow meow meow meow meow meow meow
meow meow meow meow meow meow meow meow
meow meow meow meow meow meow meow meow
meow meow meow meow meow meow meow meow
meow meow meow meow meow meow meow meow
meow meow meow meow meow meow meow meow
meow meow meow meow meow meow meow meow
meow meow meow meow meow meow meow meow
meow meow meow meow meow meow meow meow
meow meow meow meow meow meow meow meow
meow meow meow meow meow meow meow meow
meow meow meow meow meow meow meow meow
meow meow meow meow meow meow meow meow
meow meow meow meow meow meow meow meow
meow meow meow meow meow meow meow meow
meow meow meow meow meow meow meow meow
meow meow meow meow meow meow meow meow
meow meow meow meow meow meow meow meow
meow meow meow meow meow meow meow meow
meow meow meow meow meow meow meow meow
meow meow meow meow meow meow meow meow
meow meow meow meow meow meow meow meow

meow meow meow meow meow meow meow meow
meow meow.

  Meow meow meow meow meow meow meow
meow meow meow meow meow meow meow meow
meow meow meow meow meow meow meow meow
meow meow meow meow meow meow meow meow
meow meow meow meow meow meow meow meow
meow meow meow meow meow meow meow meow
meow meow meow meow meow meow meow meow
meow meow meow meow meow meow meow meow
meow meow meow meow meow meow meow meow
meow meow meow meow meow meow meow meow
meow meow meow meow meow meow meow meow
meow meow meow meow meow meow meow meow
meow meow meow meow meow meow meow meow
meow meow meow meow meow meow meow meow
meow meow meow meow meow meow meow meow
meow meow meow meow meow meow meow meow
meow meow meow meow meow meow meow meow
meow meow meow meow meow meow meow meow
meow meow meow meow meow meow meow meow
meow meow meow meow meow meow meow meow
meow meow meow meow meow meow meow meow
meow meow meow meow meow meow meow meow
meow meow meow meow meow meow meow meow
meow meow meow meow meow meow meow meow
meow meow meow meow meow meow meow meow
meow meow meow meow meow meow meow meow
meow meow meow meow meow meow meow meow

meow meow meow meow meow meow meow meow meow meow.

Meow meow

meow meow meow meow meow meow meow meow
meow meow.

Meow meow meow meow meow meow meow
meow meow meow meow meow meow meow meow
meow meow meow meow meow meow meow meow
meow meow meow meow meow meow meow meow
meow meow meow meow meow meow meow meow
meow meow meow meow meow meow meow meow
meow meow meow meow meow meow meow meow
meow meow meow meow meow meow meow meow
meow meow meow meow meow meow meow meow
meow meow meow meow meow meow meow meow
meow meow meow meow meow meow meow meow
meow meow meow meow meow meow meow meow
meow meow meow meow meow meow meow meow
meow meow meow meow meow meow meow meow
meow meow meow meow meow meow meow meow
meow meow meow meow meow meow meow meow
meow meow meow meow meow meow meow meow
meow meow meow meow meow meow meow meow
meow meow meow meow meow meow meow meow
meow meow meow meow meow meow meow meow
meow meow meow meow meow meow meow meow
meow meow meow meow meow meow meow meow
meow meow meow meow meow meow meow meow
meow meow meow meow meow meow meow meow
meow meow meow meow meow meow meow meow
meow meow meow meow meow meow meow meow
meow meow meow meow meow meow meow meow

meow meow meow meow meow meow meow meow
meow meow.

    Meow meow meow meow meow meow meow
meow meow meow meow meow meow meow meow
meow meow meow meow meow meow meow meow
meow meow meow meow meow meow meow meow
meow meow meow meow meow meow meow meow
meow meow meow meow meow meow meow meow
meow meow meow meow meow meow meow meow
meow meow meow meow meow meow meow meow
meow meow meow meow meow meow meow meow
meow meow meow meow meow meow meow meow
meow meow meow meow meow meow meow meow
meow meow meow meow meow meow meow meow
meow meow meow meow meow meow meow meow
meow meow meow meow meow meow meow meow
meow meow meow meow meow meow meow meow
meow meow meow meow meow meow meow meow
meow meow meow meow meow meow meow meow
meow meow meow meow meow meow meow meow
meow meow meow meow meow meow meow meow
meow meow meow meow meow meow meow meow
meow meow meow meow meow meow meow meow
meow meow meow meow meow meow meow meow
meow meow meow meow meow meow meow meow
meow meow meow meow meow meow meow meow
meow meow meow meow meow meow meow meow

meow meow meow meow meow meow meow meow
meow meow.

    Meow meow meow meow meow meow meow
meow meow meow meow meow meow meow meow
meow meow meow meow meow meow meow meow
meow meow meow meow meow meow meow meow
meow meow meow meow meow meow meow meow
meow meow meow meow meow meow meow meow
meow meow meow meow meow meow meow meow
meow meow meow meow meow meow meow meow
meow meow meow meow meow meow meow meow
meow meow meow meow meow meow meow meow
meow meow meow meow meow meow meow meow
meow meow meow meow meow meow meow meow
meow meow meow meow meow meow meow meow
meow meow meow meow meow meow meow meow
meow meow meow meow meow meow meow meow
meow meow meow meow meow meow meow meow
meow meow meow meow meow meow meow meow
meow meow meow meow meow meow meow meow
meow meow meow meow meow meow meow meow
meow meow meow meow meow meow meow meow
meow meow meow meow meow meow meow meow
meow meow meow meow meow meow meow meow
meow meow meow meow meow meow meow meow
meow meow meow meow meow meow meow meow
meow meow meow meow meow meow meow meow
meow meow meow meow meow meow meow meow

meow meow meow meow meow meow meow meow
meow meow.

    Meow meow meow meow meow meow meow
meow meow meow meow meow meow meow meow
meow meow meow meow meow meow meow meow
meow meow meow meow meow meow meow meow
meow meow meow meow meow meow meow meow
meow meow meow meow meow meow meow meow
meow meow meow meow meow meow meow meow
meow meow meow meow meow meow meow meow
meow meow meow meow meow meow meow meow
meow meow meow meow meow meow meow meow
meow meow meow meow meow meow meow meow
meow meow meow meow meow meow meow meow
meow meow meow meow meow meow meow meow
meow meow meow meow meow meow meow meow
meow meow meow meow meow meow meow meow
meow meow meow meow meow meow meow meow
meow meow meow meow meow meow meow meow
meow meow meow meow meow meow meow meow
meow meow meow meow meow meow meow meow
meow meow meow meow meow meow meow meow
meow meow meow meow meow meow meow meow
meow meow meow meow meow meow meow meow
meow meow meow meow meow meow meow meow
meow meow meow meow meow meow meow meow
meow meow meow meow meow meow meow meow

meow meow meow meow meow meow meow meow
meow meow.

    Meow meow meow meow meow meow meow
meow meow meow meow meow meow meow meow
meow meow meow meow meow meow meow meow
meow meow meow meow meow meow meow meow
meow meow meow meow meow meow meow meow
meow meow meow meow meow meow meow meow
meow meow meow meow meow meow meow meow
meow meow meow meow meow meow meow meow
meow meow meow meow meow meow meow meow
meow meow meow meow meow meow meow meow
meow meow meow meow meow meow meow meow
meow meow meow meow meow meow meow meow
meow meow meow meow meow meow meow meow
meow meow meow meow meow meow meow meow
meow meow meow meow meow meow meow meow
meow meow meow meow meow meow meow meow
meow meow meow meow meow meow meow meow
meow meow meow meow meow meow meow meow
meow meow meow meow meow meow meow meow
meow meow meow meow meow meow meow meow
meow meow meow meow meow meow meow meow
meow meow meow meow meow meow meow meow
meow meow meow meow meow meow meow meow
meow meow meow meow meow meow meow meow
meow meow meow meow meow meow meow meow
meow meow meow meow meow meow meow meow
meow meow meow meow meow meow meow meow

meow meow meow meow meow meow meow meow
meow meow.

Meow meow meow meow meow meow meow
meow meow meow meow meow meow meow meow
meow meow meow meow meow meow meow meow
meow meow meow meow meow meow meow meow
meow meow meow meow meow meow meow meow
meow meow meow meow meow meow meow meow
meow meow meow meow meow meow meow meow
meow meow meow meow meow meow meow meow
meow meow meow meow meow meow meow meow
meow meow meow meow meow meow meow meow
meow meow meow meow meow meow meow meow
meow meow meow meow meow meow meow meow
meow meow meow meow meow meow meow meow
meow meow meow meow meow meow meow meow
meow meow meow meow meow meow meow meow
meow meow meow meow meow meow meow meow
meow meow meow meow meow meow meow meow
meow meow meow meow meow meow meow meow
meow meow meow meow meow meow meow meow
meow meow meow meow meow meow meow meow
meow meow meow meow meow meow meow meow
meow meow meow meow meow meow meow meow
meow meow meow meow meow meow meow meow
meow meow meow meow meow meow meow meow
meow meow meow meow meow meow meow meow
meow meow meow meow meow meow meow meow

meow meow meow meow meow meow meow meow meow meow.

Meow meow

meow meow meow meow meow meow meow meow meow meow.

Meow meow

meow meow meow meow meow meow meow meow meow meow.

Meow meow

meow meow meow meow meow meow meow meow meow meow.

Printed in Great Britain
by Amazon

53036892R00056